看煙火的日子

文・圖／田代千里　譯／黃惠綺

「爸爸，慢走喔！」
「嘿！碰吉，我會放出超大的煙火給你看喔！」
今天是大家期待已久的煙火大會。

碰吉的爸爸是煙火師傅，
今晚爸爸會放煙火。

怎ㄗㄣˇ麼ㄇㄜ˙還ㄏㄞˊ沒ㄇㄟˊ到ㄉㄠˋ晚ㄨㄢˇ上ㄕㄤˋ啊ㄚ？

好，來踢石頭吧。

怎麼才中午啊！

「碰碰扣碰」

……

「媽媽，什麼事？」
「你爸爸忘了帶晚餐的飯糰了。
碰吉送去給爸爸吧。」
「嗯，交給我吧！」

「我ㄨㄛˇ出ㄔㄨ門ㄇㄣˊ了ㄌㄜ！」
碰ㄆㄥˋ吉ㄐㄧˊ開ㄎㄞ開ㄎㄞ心ㄒㄧㄣ心ㄒㄧㄣ的ㄉㄜ出ㄔㄨ發ㄈㄚ。

大雜院的婆婆、媽媽們看見了碰吉。
「你們快看！碰吉出門了唷。
放煙火的時間到了。」
說完，他們就跟在碰吉後面一起走。

「哎呀！是碰吉。
已經到了放煙火的時間嗎？」
看到這情景的梳髮師，

馬上拋下還沒做完的工作，
跟了上去。
「等等啊！梳髮師——」

一路ㄌㄨˋ上ㄕㄤˋ，商ㄕㄤ家ㄐㄧㄚ老ㄌㄠˇ闆ㄅㄢˇ和ㄏㄢˋ店ㄉㄧㄢˋ裡ㄌㄧˇ的ㄉㄜ˙客ㄎㄜˋ人ㄖㄣˊ
一ㄧˋ個ㄍㄜˋ接ㄐㄧㄝ著ㄓㄜˋ一ㄧˊ個ㄍㄜˋ，都ㄉㄡ跟ㄍㄣ了ㄌㄜ˙過ㄍㄨㄛˋ來ㄌㄞˊ。
「啊ㄚ，是ㄕˋ碰ㄆㄥˋ吉ㄐㄧˊ！」「已ㄧˇ經ㄐㄧㄥ要ㄧㄠˋ放ㄈㄤˋ煙ㄧㄢ火ㄏㄨㄛˇ了ㄌㄜ˙？」
「喔ㄛ喔ㄛ！時ㄕˊ間ㄐㄧㄢ到ㄉㄠˋ了ㄌㄜ˙。」「快ㄎㄨㄞˋ點ㄉㄧㄢˇ，晚ㄨㄢˇ了ㄌㄜ˙就ㄐㄧㄡˋ看ㄎㄢˋ不ㄅㄨˊ到ㄉㄠˋ了ㄌㄜ˙。」

私ㄙㄨˋ塾ㄕㄨˊ的ㄉㄜ˙老ㄌㄠˇ師ㄕㄕ一看ㄎㄢˋ到ㄉㄠˋ碰ㄆㄥˋ吉ㄐㄧˊ，說ㄕㄨㄛ了ㄌㄜ˙一聲ㄕㄥ：

「今天的習字課就到此為止。」
接著立刻帶私塾裡的孩子跟上碰吉隊伍。

碰吉經過澡堂，
捕快一看到他，馬上通知大家：
「不得了啦！要放煙火了。」

聽著，碰吉一臉開心的走過去囉。就快開始放煙火了唷！」

澡堂瞬間空無一人。

轎夫、木工、武士、
快遞、車夫……，
人潮接連不斷的跟了上來。

正在比賽的相撲選手，
士氣正高漲時。
「碰吉！等等啊、等等啊。」

雜技藝人表演正精采時。
「碰吉！ 等等我啊。」

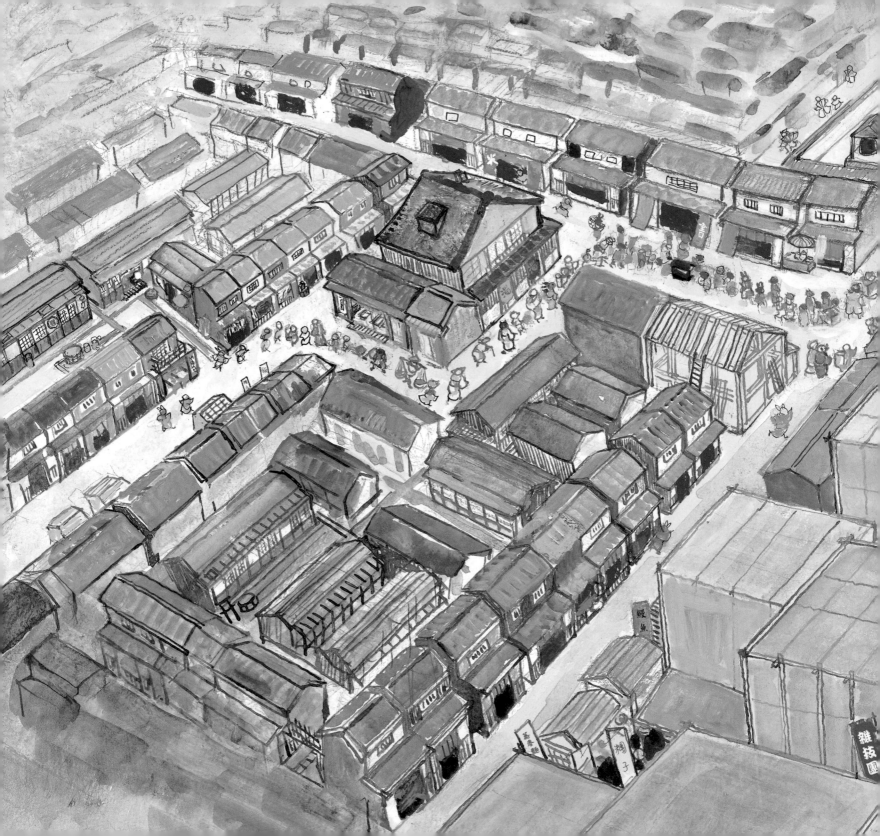

「爸爸，我帶飯糰來囉！」
「啊！碰吉，謝謝你啊。」
碰吉爸爸一回過頭，嚇了一跳。

「哎呀！大家這麼快就集合了。
謝謝你們。
雖然有點早，但我們就開始吧！」
「嗯，終於等到了！」

碰吉ㄥㄐ！

作者介紹
田代千里

出生於日本東京,大學經濟學系畢業後曾在公司任職數年,之後開始創作繪本。

繪本作品《我是變色龍》於2003年同時發行七國語文版本,受到注目。

作品《我要誕生啦》入選布拉迪斯世界繪本原畫展、《五隻神奇老鼠的搬家大作戰》獲得日本繪本獎。

另有《恐龍試鏡會》、《噓──》、《世界上最認真的餐廳》等許多著作。

看煙火的日子

文‧圖/田代千里　譯/黃惠綺

步步出版
社長兼總編輯/馮季眉　責任編輯/陳奕安、徐子茹　美術設計/陳俐君

讀書共和國出版集團
社長/郭重興　發行人/曾大福　業務平臺總經理/李雪麗　業務平臺副總經理/李復民
實體通路協理/林詩富　海外暨網路通路協理/張鑫峰　特販通路協理/陳綺瑩　印務協理/江域平　印務主任/李孟儒

出版/步步出版　發行/遠足文化事業股份有限公司　地址/231新北市新店區民權路108-2號9樓　電話/02-2218-1417　傳真/02-8667-1065
Email/service@bookrep.com.tw　網址/www.bookrep.com.tw　法律顧問/華洋國際專利商標事務所‧蘇文生律師　印刷/中原造像股份有限公司
初版一刷/2022年2月　初版二刷/2022年12月　定價/320元　書號/1BSI1077　ISBN/978-626-95431-0-6

Hanabi no Hi
Copyright © 2018 by Chisato Tashiro
First published in Japan in 2018 by Kosei Publishing Company, Tokyo
Traditional Chinese translation rights arranged with Kosei Publishing Company
through Japan Foreign-Rights Centre/Bardon-Chinese Media Agency
Traditional Chinese translation rights © Pace Books, an imprint of Walkers Cultural Enterprise Ltd.
All rights reserved.

特別聲明:本書僅代表作者言論,不代表本公司/出版集團之立場。